아껴 둔 잠

시작시인선 0408 아껴 둔 잠

1판 1쇄 펴낸날 2022년 1월 17일
지은이 한명희
펴낸이 이재무
기획위원 김춘식, 유성호, 이형권, 임지연, 홍용희
책임편집 박은정
편집디자인 민성돈, 장덕진
펴낸곳 (주)천년의시작
등록번호 제301-2012-033호
등록일자 2006년 1월 10일
주소 (03132) 서울시 종로구 삼일대로32길 36 운현신화타워 502호
전화 02-723-8668
팩스 02-723-8630
홈페이지 www.poempoem.com
이메일 poemsijak@hanmail.net

ⓒ한명희, 2022, printed in Seoul, Korea

ISBN 978-89-6021-611-2 04810
      978-89-6021-069-1 04810(세트)

값 10,000원

아껴 둔 잠

한명희

천년의시작

시인의 말

눈을 비비고 다시 또 비벼 봐도 캄캄한 눈으로

사는 내내 겨울 없이 풍성했던 거짓말에도 살아 준 세상과

타협할 줄 모르던 핏줄이 새삼 감사한 저녁이다

차 례

시인의 말

해 설

9

제1부

아침 거울

검은 머리카락을 아침 거울이 하얗게 비춘다

방금까지의 웃음은 어느새 자취도 없어지고

골 깊게 파인 팔자 주름과 미간의 내川 자

나는 저게 팔자 타령이나 하며

세상을 잘못 산 것 같아서 거울을 볼 때마다

누군가 벼리던 칼날에 베인 것도 같아서 한사코

나였을 것이라고는 생각한 적이 없었다

포니가 돌아오는 저녁

마구간 같은 집을 나와 허리 흰 언덕길을 내려오는 저 말
은 언젠가
영화에서 본 캐딜락을 타고 라스베이거스를 누비던 카우
보이의 후손일까
파산한 집을 싣고 모하비사막 같은 백사장을 달리다
한강 변에서 늙은 포니 웨건*일까

두 눈에 불을 켜고 채찍에 맞은 듯
말발굽에 차인 듯 정신없이 달리다
자고 나면 채권자 누군가는 채무자

타이어 바람 빠지듯
저도 모르게 나오는 한숨 속에
펴 논 도시락처럼
폈다 접은 적금 통장같이
오늘도 해거름을 걷는 자동차들

뭐가 그리 반갑다고 바짝바짝 달라붙는지
아니지, 어쩌면 채권자의 눈을 피해 급하게 노선 변경을
하려는 건지도!

부채負債뿐인 집

포니의 자식으로 태어나 진작부터 쫄은 가슴으로 사는

나는 눈썹부터 경련을 일으키며 짐 싸 들고 나온 여자의

손을 잡듯

핸들 잡은 손이 조마조마해지는데

미아리텍사스나 태번을 거쳐 온 카우보이처럼

시큼시큼 술내를 풍기며 다가오는 이 바람은 불난 집에

부채질을 하는 부채일까

집밖에 모르던 여자의 바람을 피우게 하는 부채일까

* 포니 웨건: 1975.12.1일부터 양산되기 시작한 현대 차. 당시 포니의
  엠블럼은 귀여운 조랑말이었음.

불면 1
—난간

난간 위에 서 있던 어젯밤
길가에 습관처럼 서 있던 당신은 택시 기사와 드잡이한다
갑자기 사라진 어느 집을 두고

잠 못 들던 어젯밤과 무관하게
먹은 것도 없이 배가 부르다던 누구와도 무관하게

머리채를 잡고 흔들던 바람은 바람끼리
서로의 몸을 비틀고 매만져 장송곡 같은 저음의 노래를
만들고

흙빛이 된 하늘과
핏줄을 드러낸 나무는 난간보다 낮은 집에 팔을 뻗고
회초리를 든다

허물어진 집을 다시 짓거나 일으켜 세우기 위해
밤을 달리는 사람들이 당신만은 아니었으므로

당신을 지나쳐 온 집들과 앞서간 집들은 여전히 속도를
무시하고

눈떠 보면 불쑥불쑥 솟아 있는 빌딩처럼

이 층으로 가는 난간에 기대 있다 뒤처져 마음만 앞서 오
르는 나는
캄캄한 오밤중, 밤새 대궐 같은 집을 혼자 짓다
부수고

먹은 것도 없이 배가 부르다던 누군가의 난간이 되어 있다
태어난 지 얼마 안 된 길가에 영혼을 빼앗긴 듯
우두커니 서 있다

갑자기 사라진 집을 두고

물망초

오지 전문 가이드의 안내서 같은 일기는 쓰지 않기로 이스탄불 탁심 거리에서 뉴욕 케네디 공항에서 잇따라 터지는 폭탄과 총을 든 길은 가지 않기로 방탄조끼를 입고 미소를 짓는 사랑은 믿지 않기로

쉴 새 없이 흐리고 맑던

카트만두 상공에서
해 기우는 해변에서

뒤돌아 너를 보면 볼수록 아득한 내가 보일까

로프에 묶인 채 동토를 걷다가
활화산 속으로 뛰어들기도 하던

일기장에 적힌 오늘의 날씨는
한겨울 산에 핀 물망초

수평선 끝까지 쓰고 싶던 말을 쓰고 있던 모자에서 찾다가 지고 있던 배낭을 벗고 전쟁의 상흔과 솔 자국만 남은 평

소의 등산복처럼 방탄조끼를 입은

누군가 눈처럼 흰
백지에 심어 놓고 간

너였던가 생각하면 할수록 아득한
중얼거림 속

걸었던 자리마다 눈 맑게 빛났던

오래된 돌

풍선을 든 아이 곁에 누군가 아이만 한 돌을 두고 간다

순간 아이와 같이 있던 돌이
잠깐
움찔한다

매일같이 풍선을 불어 아이에게 주던 입술이
가세 기운 집의 기둥을 떠받들고 있을 때였을까 거친 데
없이 다가오는 봄,
바람과 맞서 싸우다
푸석푸석해진 돌에 붙어 있게 되면서부터였을까

풍선이 터져서 여러 개 새 떼로 나뉜다

아이와 하루를 보낸 놀이터와 상관없이 철새들이 드나들
던 주막과도 관계없이

골목을 빠져나온 밤은 가로수와 어깨동무를 하고 있다
대낮처럼 밝은 가등 아래에서 뿔뿔이 새 떼처럼 흩어지고

>
돌과 같이 있던 아이는 터져 버린 풍선을 찾아서
풍선 불던 입술이 있던 안암골
어딘가로 가고 있다

어둠 속에서 누군가가 들려주던 아, …… 사랑하는 이 없
이 어찌 세상을 살아갈까[*]
노래를 따라 부르며

아침 노을 같은 스쿠터 한 대가 돌을 들어 조심조심 싣고
별이 깨진 술잔의 유리 조각처럼 눈에 밟히는 요양원 근
처로 사라질 때

[*] 모차르트의 〈작은별 변주곡〉에서 인용.

액자가 있는 거실 1

바깥으로 난 벽 쪽에서 망치 소리 들린다 갑자기
없던 돌이 날아와 거실에 쌓인다
그 너덜지대를 나는 어둠처럼 걷는다

망부석과 효자비가 있는 동네

바람에 바람이 겹치면서 돌 틈을 빠져나온
구름이 구름에 포개지면서

시퍼렇게 석화가 핀 그 동네를 한 바퀴 돌고 나니 내가 없다
걷던 발자국도
크고 작게 서 있던 혜화나무도, 자귀나무도 보이지 않는다

카지노에서 선산先山까지 배팅하다가
쓰러진 벌목공을 좋아한 적이 있었는데

채석장에서 제가 버린 돌에 넘어져
눈물 대신 웃음을, 아이 젖 흘리듯 입가에 흘리던 사람에게
긴 시간
찾던 돌은? 홀로

독백하듯 물어본 적도 있긴 했는데

내면은 없고 깊이만 있는 돌무덤만 어제를 걷던 너덜지
대로 남았다

벽에 걸린 몇 개의 액자 안에서
망자의 여자와 여자의 아들과

거미집

첫째도 성실 둘째도 성실 셋째도 성실
수평으로 걸려 있는
사훈
아래
삐딱하게 서 있는 현황판과
부서진 의자가 거미집을 키우고 있는
가구 공장 사무실

지켜보다가 계속
외면하다가

맺힌 빗물이 저도 모르게 찔끔 떨어졌는지
공장을 덮고 있던 구름이
뜨는 해를 기다리다
제 무게를 견디지 못하고 땀만 흘리다 사라졌는지

연극과 영화와 눈이 맞아
세상 물정 모르는 스물여덟이었다가
연기도 안 되고
얼굴도 안 돼서

몸이 되는 막노동으로 살다가
만난 여자와 나이 마흔이 넘어서야 찾아온
거미집

─이름 모를 곤충들의 날개와 누군가의 목숨과도 같이
흔들리는 줄에 이슬방울만 방울방울 달고 있는

창가엔 먼지를 뒤집어쓴 탁자와
뚜껑 열린 주전자만 주둥이를 삐죽 내민 채 있고
막걸리 자국 선명한 컵들은 지붕조차 사라진 바닥에 쓰
러져 있다

부도난 서류철을 들고
세상 참 뜬구름 같다던 누구처럼

나비

꽃은 흙
비는 그 꽃의 줄기와 잎맥을 흐르는 피

맞지? 내 말이 맞지? 눈을 씻고 다시 봐도
마른 땅에 입을 대고 꿀을 찾던 나비가
귀에 붙어 잠 못 들게 하던 날

시퍼렇게 곰팡이 핀 빌라 한 귀퉁이
고인 빗물에서 달콤한 피 맛을 느끼는 건 주방일까 깨
를 볶던
안방일까 주인을 기다리는
문밖일까

요르단 암만의 배수로 공사 때 모래 속에 묻던 물탱크처럼
터널 같은 배관 속에 맺혀 있던 이슬방울처럼

사방이 캄캄한 방에서 겹겹 어둠을 껴입어도
빛나는 여자여
한 묶음 꽃 무덤이여

\>

시퍼렇게 곰팡이 핀 케이크에 향초를 꽂아 놓고 꿀을 찾
아 떠나는

나는 지금 새벽같이 사라진 그날의 나비

드라이플라워처럼 마른 너를 선창가 유리 벽에 걸어 놓고
염생식물처럼 짠물을 삼키다가

비 없이도 비에 젖던

수석이 있는 방

돌이 눈물을 흘리고 있었다
누구도 익숙하게 듣던 소리로
아이는 부서지고

어떤 사람은 어떤 사람 속으로 도둑처럼
들어가 투명해지고 점점 더 단단해진
눈은
흘린 적 없는 눈물을 떨어뜨린 적 없는 아이를
찾듯 없는 사람 속에서
단란한 한때의 세상을 뒤지고

어떤 사람은 돌 속에서 돌은 어떤 사람 안에서
점점 더 투명해지고 투명해져서 새가 되었다

캄캄하게 세상 어디에서 누구도 볼 수 없게

부서진 아이는
기억하고 싶지 않은 돌을 새장 밖으로 내놓듯
어떤 사람 몰래
없는 사람 위에 떨어져 사위어지고

>
아무도 없는 방 안엔 하얗게 재가 된
담배 연기만 남아서 없는 사람의 영혼을 달래듯
좌대를 감싸고 돈다

워커홀릭

비가 어둠의 끈을 잡고 줄줄이 내려오는 밤

젖은 침대를 등에 지고 살던 우리는 흘러넘칠까
적금 붓듯 늘어나던 분노도 땀과 같이 조금은 지체됐던가!

창문에 붙들린 빗방울처럼 불안한 눈빛 속에 오고 가던 술
병과
나비춤을 추던 입은 접어 햇볕에 웃던 꽃들 뒤에 놓고

동창회인가 어느 호텔에 있는 결혼식 하객으로 있을 때

자신도 모르게 튀어나온 침과 욕설로 오염된 우리는
구린내가 가시지 않는 변기 같은 세상

밤새 찍찍거리던 쥐들의 눈을 달고
생쥐 같은 새끼들과 찰방찰방 뛰어놀지도 않았을까?

분리수거함이 있는 화장실에서 새 아침이 오기 전에
지고 있던 침대를 벗어 놓고

>

세탁은 못 할망정 분리수거함에라도 들어 있었어야 할 우리는

언제부턴가 사라진 웃음을 찾으러 은행 문을 드나들고

나이 들어 걷지도 못하는 사람의 휠체어가 되어
요양원을 찾기도 했던가! 모처럼 쉬는 날 새벽같이 일어나

줄줄이 연체되지 않는 빗속을 거닐다
흙탕물이 튄 옷을 입고

누구도 감당할 수 없게 젖은 침대가 되어

룰렛

나는 언제부터 길 건너 빌딩에 있는 저 계단과 대리석 문
의 밖이 돼 있었을까? 잠든 아버지 얼굴에 침을 뱉고 집 나
온 사춘기 아이처럼 해종일 먹은 것도 없이 싸돌아다니다
다시 와 생각하니

만약에 지구가 저 계단 위 문처럼 모난 사각이었다면! 그
래서 수직과 수평, 상하좌우 모두 제자리에서 올곧고 반듯
하게 살 수 있었다면! 그때도 우리는 원만하게 살자고 서로
들 헐뜯고 때로는 내키지 않는 웃음도 얼굴 가득 지어 가며
이를 악물고 다녔을까?

지구를 반 바퀴나 돌아 남미 칠레 어딘가로 간 친구처럼

둥글게 살자니 겹치고 부딪쳐서 돌아 버리겠다고
네 식구 목숨 같은 직장을 때려치우고 뚝섬 유원지인가
잠실 근처 석천호에선가 낚인 물고기처럼

눈만 뜨면 숨을 곳을 찾던 아버지도 그래서 누군가에 총
을 겨눈 심정으로 복권을 사고 경마장을 달리는 마권으로
살다가 이러지도 저러지도 못하고 술을 찾게 된 분노조절장

애자는 아니었을까?

　저 대리석 문 앞에서 또는 계단 밑에서
　누군가가 지켜보는 가운데

　삼십 년도 넘게 지하철과 버스를 타기 위해 경주마처럼
뛰고 또 돌아도 변두리
　구멍가게를 벗어나지 못하는 삶에
　니 아부질 봐라 모난 돌이 징(정) 맞는겨 징 맞어! 하시
던 엄마도
　결국엔
　자세 반듯한 직사각 관에 드셨는데 정사각 납골당에서
영영 사시는데

이소의 재구성
―몽돌해변에서

염주도, 묵주도 아니야
동학의 후예로 태어나 죽은
물고기의 배나 가르다 잠든 민박집
부엌도 아니고 물질하다 쓰러진 어부魚婦의
침대도 아니야
보고만 있어도 울컥, 신물이 솟고
비린내가 안방까지 들어와 눕는 이 집은
익지도 않은 것을 먹다
먹다 해변에 버리고 간
어느 피서객의 파리 꼬인 포도도 아니고
인해人海의 파고를 온몸으로 받아넘기다
짠물이 몸에 밴 몽돌은 더욱 아니야
산란을 끝낸 달빛이 뭍으로 나와 눕는 밤이나
안개가 소복한 여자의 치마처럼 펄럭이다 물러난
낮에도 돌풍이 일고
파도가 물수리의 발톱처럼 할퀴고 가는
이 집은 짝을 찾아 떠난 새를 기다리다 늙은
섬도 아니고 바다에서 둥지를 찾고
손바닥만 한 땅에서 먹을 것을 찾던 어느
정신 나간 갈매기의

부화되지 못한 새끼는 더더욱 아니야
고백하자면, 자백하자면
짠 내 심한 삶에서 벗어나고파 몽니를 부리는
일개 짱돌일 뿐이야

세상의 한쪽 아침

소음이 소음을 키우고 있다

빌딩과 빌딩 사이

그녀와 그녀가 겹치면서

창문은 흔들리고

깨진 유리처럼 나는 부서진다

하얗게, 핏물이 번지면서

아침이 쌓인다 벽과 벽으로

겹쳐졌던 그녀와 그녀가

실직자의 아내와 국밥집 아줌마로 분리되면서

사람들이 나를 하나씩 집어삼킨다

>

멀리서 가까이서 시끄럽게

차들 달리는 게 보인다

발라드풍으로
—지천명을 등에 업고

몸 여기저기 불다 만 풍선처럼 물집이 나 있다

눈 부릅뜨고 봐도 알 수 없는 세상을 위하여
시를 쓰던 당신은 모래밭에 집을 짓고

나는 발라드풍으로 노래를 한다 커피숍 한쪽 구석에서
너무도 자주 네 꿈을 꾸었기에

그때는 밤이었지요 말라비틀어진 나무에도 연분홍 꽃이
피는 아침
집채만 한 파도쳐 잠시도 가만히 있을 수 없는 방파제
또는 열기구, 가슴속에 불을 지피던 여자를 찾아가다 추
락한

어느 섬 헤엄쳐 나올 불면의 바다였지요

누군가 미소 띤 얼굴이 보내는 한 잔의 따뜻한 질책과
초승달 같은 눈빛의 차가운 격려 속에

모래밭에 집을 짓고

알 수 없는 시나 쓰던 당신처럼

지천명을 등에 업고 견디는 하루는 파도쳐 쉽게 지치고
사막을 걷다 물집에 잡힌 몸은 기댈 곳이 필요했으므로
척추를 곧추 세운 채
벽처럼 치솟는 빌딩 앞에서

열을 올리던 태양은 속까지 다 탄 숯이 되고

오늘

오늘이 오늘을 보았네

새로 생긴 아파트
새로 생긴 교차로
새로 생긴 섬과
새로 생긴 신호등
새로 생긴 가로수와
새로 생긴 꽃밭
새로 생긴 햇빛 속에
새로 생긴 어둠
새로 생긴 사람과
새로 생긴 강아지

진심으로 입주를 축하합니다
새로 생긴 스타벅스
새로 생긴 마트와
새로 생긴 불닭
새로 생긴 교회 곁에
새로 생긴 다리
새로 생긴 모텔과

새로 생긴 호수
퇴근길의 사내와
야근길의 여자

어제를 걷는 오늘과
내일을 걷는 오늘

제2부

불면 7
—거울

케이크를 들고 밖으로 나왔다
거울과 양초를 들고 있다가
새벽이 왔다 문득
어쩌다 나는 밖으로 나오게 된 걸까
깊은 잠에 빠져 있다가
왜 또 거울은 보게 된 걸까
생각해 보니
어제 나는 어느 교문 앞에 있었는데
일면식도 없는 사람들과
술과 밥을 먹고 눈물이 묻은
담배를 피면서
배웅을 하고 배웅을 받고 있었는데
어쩌다 나는 케이크를 들고
먹을 수도 없는 밖으로 나왔을까
눈앞에서 아이를 잃어버린 사람들이
문 앞에서 뜬눈으로 잠을 청하듯
붉게 핏발 선 눈으로
거울은 왜, 또, 보게 된 걸까
양초가 둥둥 떠다니는 하늘엔
흰 국화만 가득 피어 있고

오늘도 어제

낮밤 없이 비가 내린다 장마 때도 아닌데
나는 쉼 없이 쌓이는 물 위를 걷는다

풍덩풍덩, 뛰어든 사람들이 내리는 비와 같이 흘러가다
선착장도 없는 포구에 부유물처럼 쌓이는 모양

어제 누가 그곳을 울면서 걸었고 그날따라 걷던 사람들은
눈을 가려 마치 엑소더스에 나오는 파라오와 핏덩이
아이들을 강물에 내던지고
반나半裸의 무희들과 술판을 벌이던 몇몇 병사들 같았다

땀에 젖은 사람과 물에 젖은 사람이 부딪치고 부서지면서
끝없이 가라앉던 여객선과 떨어진 벚꽃들이 죽지도 않
고 살아서
어느 바닷가를 맴도는 듯한

그림자가 한 몸이 되는 저녁

파도가 된 나는 시커먼 물 위를 떠다니는 흰 몸뚱이, 언
제부턴가

퉁퉁 불은 손에는 뒤집힌 배의 구명조끼를 쥐고

어제의 물속으로 들어간다 히브리 노예처럼
채찍 맞은 몸으로
깊이를 알 수 없는 물 위를 걷다

입안에 든 짠물이 오늘도 모래 밥을 씹는
누군가의 눈을 타고 넘쳐흘러 쉼 없이 쌓인다

장미

사진 속에는 한 젊은 남자가 어떤 사람의 멱살을 잡
고 있었다
……그녀는 탱크를 찍었던 그날을 회상했다[*]

사진 한 장 찰칵, 하는 걸로 만족합시다
어쩌면 이렇게 고울 수가!
되도록이면 그런 말도 삼가하시고
내 몸의 향기와 혀끝의 달콤한 가시가
그대의 담을 넘고 살 속 깊이 파고들어
아방궁 같은 침실까지 온통 내 차지가 된다 해도
우리 그냥 호숫가에서 만난 물오리처럼 먹을 것을 찾아
떠돌던 길고양이처럼 그렇게 발톱을 숨기고
고개를 숙인 채 지나치든가
그대나 나나
숨 쉴 수도 없는 매연과
군화 소리만 들어도 경기를 일으키던 사람들의 신음 소리에
핏발 선 가시 세워 가며 견뎌 온 시간이 얼만데
봄을 맞기 위해 눈비 맞아 가며 추위에 떨던 세월은 또 어
떻고
……
그런데도 그대가 기어이 제 몸에 상처를 내면서까지
꺾기를 원하신다면
이 몸 뿌리까지 다 내드릴 수도 있겠으나

우리 그냥 한 점 구름도 없이 맑게 갠 하늘이나 보며
사진이나 한 장 찰칵, 하는 걸로 만족합시다
청와대 앞 바리케이드를 사이에 두고
만난 그날처럼
얼굴만 붉힌 채 지나치든가

* 밀란 쿤데라 소설 『참을 수 없는 존재의 가벼움』 중에서 인용.

분리된 기억

　내 안에 아이 셋을 낳고 울어도 좋을 습지가 생겼습니다 차가운 머리론 잘 떠오르지 않는 자궁 안의 분화구 수초 속의 용암 덩어리 열정이었고 아직도 부글부글 끓고 있는 당신이 뻘밭을 걷다 만난 나였을 수도 있을

　오지에서 레저 용품 전시장을 개업했다 폐업한 자리에 육포처럼 질긴 샐러드와 마른 수초로 엮어 만든 여자를 상징물로 배치해 놓고 우두커니 길가에 불 꺼진 가등처럼 서 있는 내가
　교차로에 있던 아이가 보기에는 한밤중에 몰래 섬으로 도망가기 직전의 사기꾼 같다는,

　그런 말도 안 되는 장면이 샐러드에 폐유 쏟아 놓은 듯 역겹게 끈적거리고 생각 닿는 곳마다 메스꺼워 삶 자체를 몽땅 토해 놓고 어디 수심 깊은 물속에라도 뛰어들고 싶을 때였답니다 사막의 중심에서 바다까지 연결된 여자의 수중 터널 같은

　네! 뭐라구요? 말도 안 되는 말 그만하고 제가 눈에 불을 켜고 있던 교차로 주변이나 내면에 꼬인 용수철 같은 물질

이나 살펴보라구요? 튕겨져 배 밖으로 나온 가계도의 도면부터 분석해 보던가

　핏줄로부터 분리된 어제의 기억으로
　사는 내내 겨울 없이 풍성했던 거짓말로

　아이 셋을 낳고 알 수 없는 의문과 불안으로 반역을 일삼던 어느 비즈니스맨의 아니 오지 전문 가이드의 납득되지 않는 비명이 내 안에 습지를 만들고 차가운 머리로는 이해하기 쉽게 설명이 필요한 활화산 같은 여름 한때였습니다

　곰곰 생각해 보니 교차로에서 누군가를 기다리다 늙은 아이가 어디로 가야 할지
　망설이다 서해 어디 무인도가 있는 바다 한가운데로 뛰어들던 어느 날인 것 같기도 하고

터널

지하도 위에 한 소녀가 서 있다

거리에서 태어난 어둠이 저쪽 길 건너 계단이 있는
터널로 가는 동안

새들은 큰다 구름이 묻은 바람을 먹고 주둥이가 부르튼
나무는 깃털 같은 잎을 달고 소나기와 같이 줄넘기를 하고

계단 위에서 토끼뜀을 뛰던 사람들은
햇볕에 정차 중인 버스에 뺨을 부비고
일부는 터널 속에 뿌리를 내린다

지하도 위에 서 있던 소녀가 나무뿌리에 걸린 듯
무언가에 걸려 덜컹거리다 버스가 간 길을 따라가는 동안

새들이 날아간 곳을 찾아서
계단을 오르내리다 헛디딘 잠에서 나와 보니

차창에 입김이 서린 듯 희뿌연 창문이 푸르게 보인다
설익은 오렌지빛 아침 동이 트기 전의 푸른색

>

터널을 빠져나온 사람들은 어딜까 여긴, 퇴출당한 집을 나와
먼 산 바라보듯, 새의 깃털이 묻은 옷깃을 추켜세우고

소녀가 있던 지하도 위에 서 있었다 나와 같이
갈아탈 버스를 기다리며

호접몽

꿈은 두 번째 인생이다.

―제라르 드 네르발

안개가 꽃피던 마을을 짓밟고 있었다

퉁퉁 불은 젖을 움켜쥐고 객지를 떠돌던 한 꽃이 돌아와
부패한 우유 속에 꿀물을 섞어 놓고
언젠가는 날아올 나비를 기다릴 때였던가! 꿈도 없이

안개에 짓밟혀 하얗게 피를 흘리던 마을엔 처음 보는 승
용차가 들어와
　방구석에 처박혀 여드름이나 키우고 있던 내 얼굴에 침
을 뱉고

지근거리에 있던 한 꽃은 벼락을 맞은 듯 의식도 없이 쓰
러진 자귀나무로 있다가
　인근 군부대 앞에서 어떤 화가가 그리는 호접몽이 돼 있다

　―그때 나는 선생님께 꾸중을 듣고 학교에 있던 친구들과
처음 보는 여자와 자귀나무가 있는 막걸릿집에서 패싸움하
듯 멱살을 잡고 씩씩거리다 잠이 들었는데

　시커멓게 아스팔트로 포장된 도로와

흙먼지 꽃가루처럼 날리는 신작로를 사이에 두고

새벽부터 붉게 열이 오른 어른들은 이게 다 뿌리 없이 자란
자귀나무 탓이라 했고
동네 형들과 아이들은 귀를 닫고 입은 다문 채 꿀만 찾아
다니는 어른들과
꿈을 꾸고 싶어도 꿈꿀 대상조차 없는 마을 때문이다 했다

그때 나는 어떤 나비가 찾는 변두리 중학생이었고 근처에는
화약 내에 취해 사는 술집과 군인들이 자귀나무에 핀 꽃만
큼이나 많았는데

—아버지는 어느 날 갑자기 사라진 꽃들 자리에 또 하나의
꽃을 심고 그림 그리기를 좋아하는 탈영병이었고 엄마는 젖
몸살을 앓던 꽃들과 먹고사는 데 바빠 꿈꿀 새도 없었다 했다

유월 바람

잎에 가려
꽃 같지도 않게 피어 있던 감꽃
내린 비에 떨어져
떠날 것은 떠나고 남을 것만 남았다

처마 끝에 달린 달과
어둔 밤을 함께한 별들도
떠날 것은 떠나고 남을 것만 남아서
현충일도 지난 새벽까지 남아서

이렇게 반짝이고 있듯이 별을 닮은 감꽃도
견뎌서 살아남은 힘으로
이 해가 가기 전에 저만의 별을 키워
달콤하고 투명하게
모나지 않고 단단하게
세상에 내놓을 것이니

내가 너를 너라고 부를 수 없는 곳에서
인파에 가려 채 피다 말다 시든 나는
어느 별을 보고

어떤 감꽃에 매달려 천둥 치는 비바람과
서슬 푸른 밤을 새야
땡감 같은 자식들 단단하되 떫지 않은
단감 되어 울 밖에 내놓을 수 있을까

밤비 물러가듯
떠날 때 떠나서 맑고 투명하게
잊을 때 잊혀서
저 별들처럼 하늘에서 빛날 수 있을까
떠내려간 감꽃처럼
강으로 흐를 수나 있을까

감나무 감아 도는 유월 바람
새벽부터 선뜩하다

불면 3
─번아웃증후군

아버지와 아버지의 아버지가 불춤을 추고 계셨다

진화 안 된 몽골리안처럼 눈에 불을 지피고 사람들의 간
을 꺼내 먹다

샴페인을 터뜨리던 사장님과 셀 수도 없이 많은 사모님들이
관중석에 앉아 아이들과 환호작약하는 때였다

불붙은 경마장에서 살려 달라는 친구와 동료들을 트랙 안
으로 밀어 넣고

온몸 피투성이가 된 나는 새롭게 태어나고 싶어
발에도 해가 뜨는 구두를 사 신고

카지노가 있는 워커힐과 이태원을 전전하다
곁에 있는 엄마를 찾고 있다

망아지 같은 새끼 둘과 한 여자가 생각나서

채찍을 든 비가 불 꺼진 사무실 창문을 거칠게 두드릴 때

였을 것이다

   지나가던 마주가 트랙에 주저앉아 있다
   투덜거리는 말에 당근을 물릴 때였던가?

   불난 집에 기름을 붓고 부채질을 하던 친구와 친구의 아
버지였던가

그러니까 묵념

양의 죽은 창자들이 운다
첼로의 네 개 낡은 줄에서는

알프스의 눈 덮인 산과
풀을 뜯던 소들의 워낭 소리와 발정 난
염소의 뿔 부딪는 소리도 들린다

비린내가 도배를 하는 선창가
곱창집이 보이고 국밥을 먹고 있던 누군가의
창자와 내장도 보인다

네 것인지 내 것인지 모를
生은 모두 내장과 창자 안의 일이라서

순댓집은 새벽부터 바쁘고 봄여름 겨울 없이
첼로를 끌어안고 교습소와 학원을 찾아가던 아이는
첼로의 줄을 끊고 움켜쥔 주먹은
흐르는 눈물을 끊고

계단이 되기 위해 계단을 달렸다

의자가 되기 위해 의자를 찾았으며
목구멍은 창자를 채우기 위해 땀을 삼켰다

그러니까 침묵
그러니까 묵념

첼로 대신 가방끈을 끌어안은, 샐러리맨으로 살다
궁극에는 순댓집이 된 아이를 위하여

그러니까 그때는 그럴 수밖에 없었다거나
어쩔 수 없었다. 스스로를 위무하며 오늘을 사는
세상의 모든 내장과 창자를 위하여

* 초기 현악기의 줄은 모두 양과 염소의 내장과 창자로 만들었음.

가시지 않는 악취처럼

흰 운동화에 엎지른 커피 자국은 너에게로 와서
휴지와 걸레로 증식되고 거울 앞에 있던 너는 내게로 와서
얼룩만 남은 먼지로 증식된다

잡초들이 커 가는 모습으로
날카롭게 칼을 가는 마음으로

들판에 서 있던 나는 신발장 위에 신발 늘어나듯 아이
를 낳고
꽃길을 걷던 여인과 속을 끓이는 주방으로 있다가 천 길
벼랑 끝을 걷는다

산산이 부서진 꿈을 찾아서 세상 밖을 달리는 소망의 바
람인지
시도 때도 없이 따귀를 후려치는 바람인지

지중해로 가는 화물선을 타고 썩은 감자를 먹다가

머리를 굴리고 눈알을 굴리던
일상은 일상대로 또 하루 내일이라는 미련을 마련해 놓고

>

말만 많은 내게로 와서 왠지 모를 불안을 증식한다 들판의
잡초를 제거하듯 면도를 하고 속을 끓이던 주방과 꽃길을
걸어 봐도
가시지 않는 악취처럼

휴지가 된 걸레나 걸레가 된 휴지나 그것들은 그것들대로
너의 수염처럼 자라서 쓰레기를 증식하고 그래도 부탁해
요 아이들을 봐서라도
살 수 있게, 라는 말은 신발장의 운동화로 와서 얼룩만 남은

거울 앞에 쌓이고 벼랑 끝을 걷다
먼지만 뒤집어쓴 나는 너와 같이 또 다른 먼지로 증식된다

체인처럼 벨트처럼

이제 그만 줄을 끊고 날아가거라

계단과 계단으로 이어진 지하도를 건너
대학로가 있던 산을 넘고 개울 건너

너를 싣고 달리던 용달차도 고장 나 쓰러졌으니

이제는 너무 낡아 어느 한 곳 고쳐 쓸 수도 없게 됐으니

체인처럼 벨트처럼 너를 친친 감고 있던 줄을 끊고
끊고 이제 그만 날아가거라

기왕이면 멀리 높게 날아가서 한시라도 너만 떠올리면

폐타이어 같은 하늘 금빛으로 물들이는 별들
볼 새 없이
우리 모두 왜 그렇게 줄에 목숨 걸고 살았을까

이렇다 할 연줄 하나 없이
주름이 더 골 깊게 많은 계단을 오르내렸을까

\>

백발이 되도록 사귄 벗도 칼을 겨누고 성공한 이도
후배의 길을 막는데* 집 위에 집을 짓기 위해(屋上屋)

관악산을 넘고 지하도를 지나 여의도인가
유럽 어디 왕궁 위를 나는 풍선처럼

줄도 없이 빛나는 저 달은 지금 지는 걸까 뜨는 것일까

아네모네꽃 핀 정원에 칠성판을 깔고 누워

최초의 질문인 듯 마지막으로 드는
의문이듯

* 왕유의 시「자주여배적(酌酒與裵迪)」에서 인용.

블루 사파이어

당신은 물살에 흔들리는 조약돌

흔들리는 내 눈은 당신의 몸에서 빛을 잃고
색을 잃고 투명하게 변합니다

손아귀에서 빠져나간 돌이 더 깊은
물살의 내면으로 이동했을 때였던가요

당신이 손에서 빼 버린
블루 사파이어

걸핏하면 밤에 목숨 거는 게 죽일 만큼 미워서
목숨을 버리고 세상에
없는 사람이고 싶을 때

기포들은 당신이 두고 간 눈빛처럼 반짝이고
손아귀를 벗어나지 못한
태양은 흔들리는 눈 끝에서 조용히 무릎 꿇고

뜨거웠던 한때의 기억으로 흔들립니다

가라앉습니다 천천히 더 깊은 물의 살 속으로

수면이 푸르고 동그랗게 파입니다

스캣*
─망상해수욕장에서

누군가
눈물 닦던 주먹으로 써 놓은 듯 선 굵게 젖어 있는
아, 사랑해!
입에 거품을 문 파도조차 차마 더는 지울 수 없었던지
매끄럽게 닦여 있는 백사장에 골 깊게 남아 있는

그 사랑 앞에 두 눈을 놓고 있다 보니 멍청한 게
지난날의 나 같기도 해서
해변을 걷던 발뒤꿈치로 북북 그어 사랑해!를 지워 버렸다

무릎을 탁! 탁! 치는 심벌즈로 때로는
뺨을 때리고 연신
제 머리를 쥐어박는 퍼커션 연주자로

지워 놓고 보니 아,만 남은 것이 꼭 뭔가를 향해 다가갈 때
의 주춤거림이다
시작도 안 했는데
실패를 예감한 탄식음 같아서 그것도 지웠다

그렇게 상처만 남은 아, 사랑해!를 떠나

모래알 발가락을 씹어 먹는 해변을 걷다가

철새는 날아갔네/ 농성과 함성이 담을 두른/ 광장을 향해
서/ 신을 찾던/ 캔 커피는/
어디로 갔나/ 고독을 입에 물고/ 넘치지 않는 호흡으로/
아베마리아를 부르며/
……혼잣말로 해 질 녘까지 중언부언 흥얼, 흥얼, 흥얼
거리기도 하다가
철 지난 파라솔같이 그 자리에 쓰러져 있었는데

잠잠해진 파도가 낮게 기어 와 사그락사그락 귀엣말로
속삭인다
가끔은 나도
하늘을 향해 미친 듯 몸부림치고 싶을 때가 있으니 쓸데
없는 짓 그만하고
쓰러진 김에 너를 위해 살다 간 삶이나 챙겨 보든가 입
닫고
잠이나 실컷 자 두란다 쥐 죽은 듯

* 스캣: 재즈 등에서 가사 대신 무의미한 말로 즉흥적으로 프레이즈
를 만들면서 부르는 창법.

생일

찔레꽃 핀다

가시덤불 위에 펼쳐 놓은 드레스처럼

오늘도 하얗게

찔레꽃 핀다

하루가 지나고 또 하루가 지나도

잊히지 않아서 또다시 집어 든 편지지처럼

학교 앞 카페에서도 피고

머언 데 통영음악당 앞 바다에서도

하얗게 찔레꽃 핀다

암초에 부딪쳐 산산이 부서진 파도처럼

\>

철썩 처얼썩 따귀를 때리며

철없이 이 밤도 철없이

찔레꽃 핀다

페이드아웃

그를 마지막으로 본 건 어느 포구였어
파도가 각성제처럼 쌓였다 스러지는

차창에 매달려 자막처럼 따라왔지만 샤넬과
루이비통, 프라다와 구찌 같은 가방과 옷들이 앞을 가로
막았지

쇼윈도의 마네킹처럼 그렇게
생각 없이 살다가

처음 겪는 부끄러움과 수치심으로
밤을 겪던 그날처럼

반쯤 감긴 눈으로 블라디보스토크 어느 역에 이르렀을 때

민들레 꽃씨 소금 덩이처럼 날아들고 어디선가
라흐마니노프 피아노협주곡이 밀애의 한 장면처럼 다가와
마치 선잠 속에 그를 찾아가는 멜로드라마랄까

이제 막 떠나려는 사람들과 이미 도착한 사람들은

그를 만났던 날의 카페와 봄밤 벚꽃 속에 있던 그와 친구
들 같았어

기적 소리 숨 가쁜 플랫폼에서

어떤 사건과 시나리오가 그들을 머물게 하고 또 떠나게
한 건지

선홍빛 보드카 칵테일 같던 주위는 이미 조명 꺼진 무대
였는데

마시다 만 술병을 들고 소금꽃 피는 염전 속으로 사라지던
그의 뒷모습은 언젠가 안개 속으로 사라지던 극 중의 한
장면 같았지

처서 지나고 며칠 이따

시루떡 같은 바위가 부르르 몸을 떤다

안개가 단번에 걷히고 두 개 나이 든 여자의
젖가슴 같은
능선 앞에서 머리카락 쭈뼛, 선 나는
아내가 싸 준 도시락을 일 삼아 먹고 있었는데

가시 돋친 침엽수 사이로 솟은 해가
바위 밑에 연신 불을 지피고 있었다

또 어떤 날엔 바위가
공원 한쪽 부서진 짱돌처럼 날아다녀서 놀란
눈퉁이는
숨을 곳을 찾는 길고양이가 되고

발톱 빠진 발등은
끈 떨어진 신발 속에 젖어 있고

또 어떤 날은 도시락을 들고
출근하는 척 학교 가는 아이들과 현관문을 나서는데

옷 갈아입느라 두고 나온
해고통지서가 생각나서

처서 지나고 며칠 이따
고사떡을 돌리던 어머니의 손으로

아버지가 불이 나도록 뺨을 때리고 있었다

제3부

형통슈퍼

낡은 유모차가 빈 박스와 드잡이한다
밟고 밟아 날 선 라면 박스와 감귤 박스
라면 두 개와 소주를 집어 든 자전거
혀를 끌끌 차다 가거나 말거나
줄에 묶여 뒤따르던 개
자판기에 오줌을 싸거나 말거나
슈퍼를 나온 망고주스와 캔 커피
아이스크림과 길 건너 병원을 향해 뛴다
지나가던 차들은 빵 빠앙 울어대고
아이 손에 붙들려 나온 나는
없는 빵 때문에 웃다 울고
스낵 봉지처럼 배가 빵빵하게 부푼 주인은
파리채로 길고양일 쫓고 있다
커피색 선글라스 여자가 머물다 간
오렌지와 체리 사이에서 캘리포니아산
포도와 바나나 사이에서
그물망에 갇힌 귤과 시들해진 사과는
시위를 벌이다 닭장차에 실려 온 농부
같은데
누가 또 살고 싶어 죽어 가는지
앰뷸런스 슈퍼를 지나 병원 앞에 멈춰 서고

너무 추운 여름
—앉은뱅이저울

나는 당신에게 있어
무게만을 다는 저울이 아니기를 바랍니다

나는 당신에 의해서
저울질당하는
누군가의 눈금이 아니기를 또한 바랍니다

다만 여기, 사탕과 과자가 산처럼 쌓여 있는 상점 앞에서
좁쌀 몇 되
감자와 호박 몇 개
바닥에 고여 놓고 바닥이 돼 있는
이 할머니

작지만 앉을 수 있는 의자이고는 싶은 것이지요

코로나19와
지속되는 경제 한파에 상가도 시장 골목도
소름이 돋고 찬바람만 부는 여름

누군가의 주머니는 더욱 추워서

열었던 지갑을 재빨리 닫고 식은땀을 흘리며 벌벌벌

벌서고 있는

한낮

해피투게더

뻐꾸기가 웃고 있다

어린 새끼 보육원에 의탁해 놓고
어디로 날아갔는지 볼 수 없었는데

깃털 빠진 주머니 속에서
찢기고 금 간 사진 꺼내 놓고 웃는다 못 피우던 담배를
피우면서
뻐꾹 뻐꾹 웃는다

친구라고 찾아와 담뱃값밖에 쥐어 줄 게 없는 나도 웃고
20년 넘게 다니던 직장 근처에서 철가방이 된 짜장면집
도 웃고
치킨집 불닭을 따라온 소주와

사진 속 어린 새끼도
떨어진 담뱃재 아래서 웃는다

한 울음이 끝나면 또 한 줄기
한숨이 습기 찬 바닥의 신문지처럼 쌓이는 지하도

창백한 형광 불빛 아래서

바닥에 깔린 보건복지부 장관도 웃고 부흥교회 목사님과
분양 중인 e편한세상도
빙그레 아이스크림과 해피하게 웃고만 있는

빈 그릇과 같이

달팽이

　자라던 때 살던 집을 업고 다니는 달팽이의 달팽이일 때 철거된 집의 하늘만 남아서 터만 남은 집을 하염없이 굽어볼 때 세상은 더워서 있는 집도 벗어 버리고 어디 섬이나 타국에 있는 나체촌에라도 가서 며칠만이라도 살고 싶다고 아우성일 때 사람들은 벗고 사는 나를 모르고. 나는 사람들이 다 먹기 싫어 버린 고깃덩어리 시루 속 콩나물 대가리로만 보일 때 무허가 단칸방에 기시감이 드는 가사와 곡을 써 놓고 꿈에 취해 잠든 누군가의 귀를 막고 쌍욕이라도 해대고 싶던 때 두 귀에 안테나를 달고 다니던 나는 아 아~ 나는 몰라요 정말 몰라요 그대의 눈빛이 무얼 말하려는지, 노래를 부르며 일부러 더디게 늦은 밤까지 거리를 배회하다 세상에서 잊혀지고[*] 산책 나온 집의 애완견이나 어디 설렁탕집 개라도 살고 싶을 때 어디선가 잡았던 손이 손을 놓듯 등 돌리듯 그렇게 친구와 이웃들의 기도가 멀어지고 믿었던 형제와 자매도 점점, 점 발길이 뜸해질 때 동네 창피해서 못 살겠다고 첨탑 위에 걸려 있던 비구름처럼 온 동네를 펑 펑 적시며 흔적도 없이 사라지고 싶다던 여자도 있을 때 그래도 세상은 살 만하다고 끈적끈적한 비지땀을 점액처럼 흘리며 판자촌이 있는 쌍문동 고갯길에 붙어 느릿느릿 기어 오

는 달팽이 한 마리. 그렇게 살던 집을 업고 내가 자라던 때

* 말러의 가곡, 〈뤼케르트 시에 의한 5곡의 가곡〉 중 제5곡.

불면 6
―카멜레온

단풍나무 잎에 붙어 그들의 음계를 배운다 아기단풍인 나는 온 힘을 다해 노래를 부르고 따라 춤을 춘다 색색의 옷을 바꿔 입고, 사람들은 그런 나를 손가락질한다 내 노래가 내 모양과 내 춤이 어때서…… 헛다리를 짚으며 말이 자꾸 빗나간다 그들은 짧은 내 혀가 감당하기엔 너무 긴 거리에 있었다

잎 진 단풍나무처럼 나는 변했다 머리카락은 빠지고 마른 살은 딱딱하게 굳어 벽이 되고 앞뒤 없이 꽉 막힌 벽 속에 둥지를 튼 새가 되어 벌레를 잡아먹는다 이게 이게 아닌데 하면서…… 배추흰나비와 하루살이 애벌레를 먹다가 벽에 부딪쳐 금이 간 사람의 얼굴로 어떻게 이곳에서 벗어날지를 나이테로 그려 본다

단풍나무를 뜨겁게 달구던 해가 머언데 수평선 너머로 뛰어들고 없던 섬들의 어깨와 겨드랑이가 온통 비 같은 땀에 젖을 때였을 것이다

갈매기의 부리 같은 혀가 움직이지 않는다 등대를 오르는 계단처럼
나선형으로 꼬이기만 할 뿐

하지만 난 또 변할 수 있다 그곳이 어디든 그들이 뭐라 하든

가볍게 춤도 추면서 이따끔 날갯짓도 하면서

고양이가 우는 아침

쓰레기봉투 위에
암벽화 한 짝 놓여 있다

없어진 한 짝을 찾아서
수천 킬로미터 벼랑길을 걷다 온 듯

굽힐 줄 모르는 바닥의 자세로
쓰레기 위에 누워 있다

끈은 없고 밑창은 떨어져 입 벌린 게
다가가 손 내밀면 주르륵 땀방울이 흐르고

몸을 일으켜 세우면
덜컥, 자갈 한 주먹 쏟아 놓을 듯

고양이가 우는 아침

햇볕을 등에 지고 가던 사람들이 보든 말든
환하게 장미꽃 핀 담장을 사이에 두고

\>

반쯤 치켜뜬 누군가의 눈을 하고 있다
아니, 닫혀 있던 귀를 열고

오십팔 층 암벽暗壁을 밟고 오르다 추락한
발소리 듣고 있다

액자가 있는 거실 2

호미가 서 있네 호미만 한 아이와
보따리를 들고 서 있네

빗방울이 땀방울 같을 때도 서 있고
땀방울이 빗방울 같을 때도 서 있네

흙먼지 밀가루처럼 날리는 거리가
고사떡의 팥처럼 붉어질 때도 서 있고

시루떡처럼 흰 눈이 내릴 때에도
호미는 버스 정류장에 서 있네

생각하기도 싫은 생각이 뇌리를 스치듯
잊을 만하면 서 있네

아이가 없을 때에도 서 있고
보따리만 있을 때도 호미는 서 있네

호박 넌출 같던 들길이 카페가 되고
이마를 맞댄 채 등 굽던 초가가 빌딩이 되도록

\>

허리 한번 편히 펴 본 적 없는 호미가
오늘은 보따리 대신 지팡이를 들고 서 있네

학사모를 쓴 아이 뒤에
꽃다발로 서 있네

유랑
—블타바강 가에서

물가에 있던 눈과 눈이 붉게 피를 흘린다
이마가 서늘해지는 칼날에 베였을까?

개울 너머 계곡쯤으로부터
까치가 날아와 베인 곳을 꿰매 준다 꾹꾹 눌러 박는 바
늘 걸음으로
이곳저곳 꿰매다 사라진다

아홉인가 열 살쯤의 나는 개울 너머 계곡쯤으로부터 토
끼몰이 하던 아이들과
토끼털로 만든 귀마개를 하고 눈을 돌돌 말아 굴리다가
뭉쳐 싸우다가
고드름이 된 칼을 꺾고 분질러 막대 사탕처럼 씹어 먹고
핥아 먹고

먹다가 부들부들 떤다 물가에서 물을 잃고 죽어 가는 버
드나무처럼
아이들 손에 생사를 맡긴 토끼처럼
쫑긋 귀를 세운 채

>

눈사람이 된 내 기억들은 칼 갈아요! 칼 갈아~를 외치며
청주 시내 곳곳을 돌던 자전거와 바느질집 부엌을 적시
는 는개였다가
포천 읍내로 시집간 누이의 한탄강을 거닐고

까치가 날아간 자리에서
상처 아문 눈이 희게 제 모습을 찾을 때까지

체스키 크룸로프*로 이민 간 친구와 산소용접기로 살았
던 거제도 주변과
밀항을 꿈꾸던 공단 조선소 쪽을 달린다

계곡 너머 개울쯤으로부터 흘러온 얼음 조각들이
수중보에 막혀 오도 가도 못 하고 해바라기나 하고 있
을 때

사방 피칠을 하던 해는 눈부시게 제 모습을 잃고

* 체스키 크룸로프: 체코, 보헤미안의 작은 도시.

입동 무렵
―석봉리

이산가족이 되고 있다

저를 길러 준 나무를 떠나

뿔뿔이 흩어지게 된 잎들은

어느새 바위에 붙어

바위의 입이 된 것도 있고

무덤가에 있는 억새 속에 떨어져

억새들의 꽁꽁 언 손이 된 것도 있다

더러는 눈 부릅뜨고

허공 속에서 춤을 추다

안개 속으로 사라진 별도 있고

부는 바람따라

고샅길을 나는 새 떼도 있다

서리 맞은 묵정밭에서

꿀을 찾는 나비로 있다

무슨 소릴 들었는지 몇몇은 은행나무 아래서

단풍 든 아내의 꽃으로

검버섯 핀 노모의 얼굴로

카메라 앞에 서 있는 것들도 있고

어떤 입들은 아직도

마을 앞 우물가에서 회초리를 든

나무에 붙어 연신
얼굴만 붉히고 있다

미필적 고의古意*
―도라산역에서

어둠뿐인 광장이다

어디가 기점이고
어디가 종점인지

알 수 없는 이 길에도 봄은 피어
앞뒤 없이 환하고 푸른데

관광객도 귀향객도 없는 객차
길 잃은
햇볕 한 줌과 떠나지 못한 그림자 명암을 긋고 있다

냉정하다 싶게
간격 일정한 레일의 대치對峙 속에

어느 실향민의 눈가엔 어느새 송사리 잡던 형제들과
물장구치던 실개천이 흐르고, 70년이 넘은 지금까지도
대소쿠리 가득 봄나물을 캐 오던 누이들의 웃음소리

명자꽃 담을 두른 고향 집

보리밭을 날던 종달새만 무인정찰기처럼 떠서

알아들을 수 없는 모스부호만 어디론가 쳐댄다
사방이 온통 어둠뿐인 광장에서

침묵만이 들고나는 역사驛舍도 역사歷史여서
아지랑이는 자글자글 속을 끓이고

멈춘 시계는 좀체
움직일 줄을 모른다

* 고의 古意: 옛것을 그리워하는 마음.

금강산 집비둘기

귀면암 바라보며 생각느니 이곳이 정녕
수수만년…… 옷깃 여미며…… 그 이름 다시 부를
우리 금강산이더냐

하늘을 찌를 듯 치솟은 만물상에 돌처럼 앉아 있다
황급히 바위를 차고 날아가는 산비둘기야,
하늘 길 내며 나는 네 날갯짓엔 털끝만큼의 구름도 없구나
날 수 없는 내가 50년 만에 와 부탁하노니
부디 남녘으로 날아가
부산역 광장이나 여의도 골목에서
쓰레기통이나 뒤지고 있을 네 형제들이라도 좀 데려오렴

저 빌어먹을 삼팔선 군화와 철모, 깡그리 물어다
삼일포 맑은 물에 수장시키고 얼씨구 저얼씨구
서로 안고 끼고 태평가라도 불러 보게. 제주 땅 비바리도
서울 깍쟁이와 함경도 아바이도 통일이 되고 나니,
일은 안 하고 매일같이 처먹고 놀 궁리만 하고 있다고
조상님들께 꾸지람도 직사하게 들어 보게
난생 처음 듣는 욕설도 원 없이 실컷, 얻어먹고 얻어먹
다 우리 모두

그 꾸지람과 쌍욕에 배 터져 죽어 보게

생각이라곤 없는 오늘 이 하루가, 날 버리고 가 버리면 나는 또

마른 눈물이나 짜내며 돌아가야 할 이산가족이 되야 하느니

언제 다시 또 보게 될지 모르는 너 산비둘기야,

금강산 어딘가에도 없던 집비둘기 하나 저 만물상에 보이거든

돌아가기 싫어서

구룡연이나 쌍팔담 어딘가에 빠져 죽은 남녘의

못난 백성인 줄 알거라

독도

갈매기 똥 뒤집어쓴 바위처럼
반백으로 갔었다

　울릉도 동남쪽 뱃길 따라 이백 里

구름 낀 하늘마저 잔뜩 찌푸려
너도 울고 또 너도 울 것 같은 날

　경상북도 울릉읍 도동산 육십삼

거품 문 파도가 바위만, 절벽 같은
바위만 쉴 새 없이 후려치고 있었다

　십칠만 평방미터 우물 하나 분화구
　연어알 물새 알 해녀 대합실

섬기린초와 섬초롱꽃 한번 뜨겁게
끌어안지도 않고
사진 찍기 바쁘게 되돌아가는 나를 꾸짖듯

\>
　　신라 장군 이사부 지하에서 웃는데

맞고 있는 바위보다 때리고 있는 바다가
더 시퍼렇게 멍이 들어 있었다

　　노일전쟁 직후에 임자 없는 땅이라고
　　우기고 또 우기면 정말 억울해

뱃전을 맴돌며 따라오는
괭이갈매기의 두 눈도 벌겋게 부어 있었다

형필에게
—연인산 수목장지에서

있다 있어야 할 너는 없고
없어도 좋을 나는 있다

해 저문 공원의 벤치로
어느 날은 네가 좋아하던 러브 미 텐더나
비 오는 날의
예스터데이로 무심천을 걷고
소주와 순대 먹던 서문시장 골목과
출퇴근하던 공단 길을 돌며 그렇게
있다

눈만 뜨면 농성을 해야 하고 한쪽에선
분신을 해야 사는 세상이 싫어서
걸핏하면
살고 싶지 않다고 팔순 노모와 처자식을 두고
술과 같이 살다가

한 그루 산벚나무가 된
너를 보며
나도 따라 죽겠다고 울고불고하던 나는

그래도 살고 싶어서 밥을 먹고 넘어가지 않는
약을 삼키며 오늘도 이렇게
네 곁에
있다

희망도 없이 저승꽃만 키우는
인면수人面獸가 되어

유빙
―설 전날

라면 국물 같은 노을이 자재 창고 위로 쏟아진다

성에 낀 유리문에 굳은살처럼 붙어 있다
툭, 떨어지는 물방울은 누군가의 안부를 묻거나 찾던
사람의 눈 자국 같은데

언제쯤이면 웃을 수 있을까 겹겹 문을 닫아건 회사는
돈줄이 끊기고

하나둘 밥줄이 끊긴 우리는
먼지만 남아 있는
사무실 한 귀퉁이

폐자재처럼 널브러져 있다
입에서 입으로 건너가는 담뱃불은 하루살이
날개 같은 재를 털어 내고

빈 그릇에 담긴
노을은 속 타던 저녁의 마지막 불꽃인지! 라면을 끓이는

창밖

탄재 뒤집어쓴 구름이 유빙처럼 떠 있다

덩굴장미

들에 사는 잡초들이 보고 싶어

담을 넘고 벽을 넘던 빨간 발자국

제4부

다시 석봉리

배롱나무 옆에는
배롱나무가
자기 맘에 들지 않는다고
내놓은 듯
돌이 하나 있습니다
아무도 없는 집 앞에
길게 사람 모양의
그림자를 만들어 놓고
작은 돌멩이도
하나 더 있었습니다

아껴 둔 잠

콧등 위로 뜨겁고 물컹한 목격담이 쌓인다
수많은 손들이 자라서
움켜쥔 정수리엔 쓰디쓴 눈물과 달콤한 땀방울이 고이고

빛보다 빠른 속도로
조마조마하면서

나이를 먹은 우리는 죽은 어머니가 빌던 마음으로
호랑가시나무를 심고

캠핑카가 있는 해변을 걷는다
가시면류관을 쓴 채

서로 먹겠다고
벌거벗고 달려드는 여름이랄까
            —모처럼 효도 한번 하자고 모인 가족들이
        술판이나 벌이고 조상 탓이나 하면서 죽어 가는
            물고기와 잡은 돼지로 바비큐를 해 먹는
해 질 녘이랄까
먹을 준비와 지푸라기라도

잡고 싶은 생각은 다 한 핏줄이라서

우리는 너나없이 아플 준비와 누군가를 찌를 마음으로 길을 잃고

잃은 길을 찾아서 이미 지나간 길을 걷는다
가시면류관을 쓴 채

수많은 손들과 움켜쥔 정수리에 아껴 둔 잠을 펼쳐 놓고

쓰디쓴 눈물과 달콤한 땀방울이 전하는 콧등 위의 목격담을 들으며
—마치 캠핑카 안에서 동영상 화면을 보는 듯

백사장을 거닐다가 어머니가 빌던 마음으로
또 한 그루 호랑가시나무를 심어 놓고 얼굴에 묻은 모래알을 생쌀 씹듯 하면서

불면 4
—낮게 떠서

신세계인가 백화점과 펜트하우스가 있는
빌딩 속에 끼어 있다 풀려난 하루는

바람 빠진 풍선처럼 낮게 떠서 뜬구름 잡다 추락한 친구
들과 어디 먼 데
참치잡이 원양어선이라도 탈까 망설이던 중에 만난 10차
선 도로에 줄지어 선 차량과 건물들,
이게 다 원양에서 잡은 대구나 참치였다면 내가 사는 충
청도가 먹고도 남아서

황해도나 함경도의 백성까지도 배부르게 잠들 수 있겠
다 싶은 하루는
최종 면접에서 탈락한 취준생의 밤을 밝히는 태양이거나
택배 10년 만에
정규직이 된 어느 가장의 집에 핀 봄날이 되어도 좋을 하
루는

더더욱 낮게 떠서 뜬구름 잡다 추락한 친구들과 지하도
를 걷는 중에
가출한 사내와 소녀를 만나고 폐지와 빈 병으로 하루를

산다는 리어카를 만나서

　오르는 계단마다 무너지고 막혀서 벽에 부딪친 듯 온몸
이 쑤시고 아파서
　슬펐으나 그래도 죽고 싶지는 않은 하루는
　자고 나면 또 새로운 하루로 남아서

　추락할망정 뜬구름이라도 잡아야 살 것 같은 친구들과 밤
새 땀방울로 빚은
　밀떡을 입에 물고 기도하듯 위하여!! 위하여를 외치는

한 컷 다큐
—주민등록증

집들이 핑계로 밤새 술 퍼먹다 분실한 카드와 주민등록증
공원 옆 경찰 지구대에 신고하고 오는 길

어디를 굴러다니다 왔는지 여기저기 찢기고
피멍이 든 채 기대고 누워 있는 낙엽 중에 하나, 꼭 간밤
의 나 같아서
물끄러미 바라보다

영장도 없이 임의동행이라도 해 볼까 집까지 막무가내
끌고 가서!
식물도감 펼쳐 놓고 대조라도 해 볼까

뒷면에 찍힌 지문과
구릿빛 잔주름과 톱날처럼 날카로운
생김새까지

요 앞 대로변에 있는 졸참나무
미세먼지와 매연 속에서 일가 이루며 사느라 이제는 나
이조차 잊고 산다는
그 굳은살투성이

피붙이가 분명한 것 같아서

그런데

그깟 플라스틱 카드 하나에 나라는 존재가 살았다 죽었
다 한다니 그럼
　내가 귀찮아서 또는 나이조차 잊고 산다는 그 졸참나무처
럼 사는 데 바빠서
　분실신고를 하지 않으면 그때 나는 이 땅에 있기는 한 건가

　임대살이 30년 만에 마련한 푸르지오에서 몸 한번 푸르
게 펼쳐 놓고
　쉬어 보지도, 살아 보지도 못하고 세상에
　살고 있기는 한 건가

분평동

그림자 발등이 불룩하다

물주머닐 달고 살던 여자와 어쩌다 본 사내의
머릿속에 코를 박고

태양을 등진 나무의 냄새를 맡다
돌덩이 같은 발을 드니

샹들리에 불빛 아래 와인 잔을 돌리던
빌딩 속의 나는 있다가 없고

사방이 똥밭이나 다름없는 논과 밭에서
장군과 같이 살다간 지겟작대기와

꽃다리를 건너 먼 데 신흥제분공장과
연초제조창이 있는 밤고개까지

날품 팔러 가던 나무의 침묵 같은
뿌리와 살던 터만 공중에 붕 떠, 다닌다

\>

토란잎을 적시던 빗방울처럼

세상을 겉돌다 온 마당엔

어둠 속에서 쌀을 씻던 누이와

동생들을 씻기던 물소리만 차갑게 온몸에 스민다

길가에 쓰러진 나무를 태워 허공에 던져 놓고

옹이 많던 세상과 잎 푸르던

과거를 걷다 보니

먼지

며칠 전 써 놓은 시 한 편
그새 먼지가 내려앉았다 청소를 하다
보니 원고지와 시 사이
행과 연 사이 비스듬히 서로 기대 있거나 희끄무레 누
워 있다
잿빛도 붉은빛도 아닌 일몰은
소리 없이 지나가는데
나도 그만 누군가를 지나쳐 일몰처럼 조용히 가라앉고
싶은데
문득 장밋빛이기를 바랐던 어느 먼지가 생각난다

손바닥만 한 화단에 장미 몇 그루 심어 놓고 싸구려 와인
이라도 마시면
회색 하늘과 단칸 셋방도 온통 장밋빛 그 장밋빛 속에서
누구의 직원도 누구의 외판원도 아닌 우리만의 정원과 성
을 쌓고 살자던, 어느 날
가시 돋친 계절이 찾아와 끼니를 걱정하는 실직자로
자식들의 학자금과 밀린 집세로 서로의 가슴을 찌르고
할퀴어도 우리
머리에 하얗게 먼지가 내려 쌓여도

잡은 손 놓지 말자던

그 장밋빛을 이미 먼지가 된 내 시에서 보고 또 보다
구깃구깃 구겨 버리고는 서재에 누워 있는 나를 발견한
다 없던 가시가 나타나
넝쿨을 뻗고 온몸을 찌른다
시체가 된 나는 밑줄처럼 누운 채 일어날 줄 모르는데
창가에 핀 안수리움과 나도샤프란 쪽에도 검게 먼지가
쌓인다
이미 지나간 일몰과 같이
(……)
먼지는 땅속에서도 보일까

심심 메들리

비디오아트 백남준은 심심해서 피아노를 부스고 심심甚深한 감사의 박수를 갤러리들로부터 받았다는데 해바라기를 그리던 고흐는 심심해서 멀쩡한 제 귀를 자르고 베토벤은 아예 귀를 먹었을까? 베짱이처럼 노는 것 말고는 할 줄 아는 게 없는 내가 심심해서 산을 오르고 오지를 찾아 걷다 접질린 발목에 깁스를 하고 심심해서 돈 벌러 간 아내를 위한 시라도 써 볼까 심심深心을 다해 쓴 이승훈 시인 시 「난 글 쓰는 사람」을 읽다 아 아 시는 너무 병실 밖에 핀 목련처럼 떨어지는 꽃잎처럼 심심似心하고 심심鈍鈍해서 상처받기 전에 읽던 시집을 덮고 잠결인가 병원 문을 나서던 날, 목발 짚은 몸을 부축해 준 히아신스 같고 히말라야 철쭉 같은 간호원과 심심하지 않게 커피를 마시고 LP판 돌아가는 카페에서 세상 돌아가는 얘길 해 봐도 심심해서 심심하지 않게 태어나는 아이들과 거리를 둔 노숙자로 거닐다 심심찮게 떠도는 풍문이나 등 떠미는 바람 따라 산수유꽃 노랗게 곪아 터지는 지리산 둘레길을 돌고 도는 것도 심심할 때 심심하지 않게 평생을 물질하다 늙은 해녀와 감자꽃 핀 돌담으로 살다가 한라산을 종주하는 중에 만난 노루와 심심하지 않게 찾아오는 추위에 덜덜 덜 떨기도 하면서 새봄을 맞는

꿈으로 환희의 송가[*]를 심심甚深하지는 않게 그러나 감사하
게 허밍으로 또는 휘파람을 부는

* 환희의 송가: 베토벤 교향곡 9번 중.

불면 2
—붕붕 떠서

풍선을 든 소년들이 나타났다 빨 주 노 초 파 남 보, 무지
개 뜬 하늘에서 눈을 뜰 수 없게 빛나던 태양은 구름이 만
든 커튼 속에 몸을 숨기고 하얗게 질린 거실 문을 응시할 때
뜨겁게 달아올랐다가 검게 입을 연 문밖을 나서면 하루는

풍선을 든 소년들과 붕붕 떠서 한 번도 가 본 적 없는 산
을 넘고 내를 건너다 무한궤도에 진입했다는 생각으로 무지
개 핀 열차를 타는 꿈 하루는 알프스를 달리는 협궤열차가
되어 마터호른 정상에서 등반 중에 죽은 친구와 치즈퐁뒤와
맥주를 곁들인 초콜릿을 먹고

하루는 안드로메다로 간 열차를 찾아 다른 행성으로 가
는 꿈 하루는 지구 밖에 있는 어느 얼음 동산에서 만난 아
폴론과 행운의 여신(Fortuna)에 대해 미궁을 탈출한 다이달
로스와 이카루스에 대해, 밤새 따지듯 열을 올리며 비박을
하는 꿈

하루는 태양을 향해 가던 날개를 접고 깜박깜박 졸던 별
처럼 풍선을 놓친 소년들이 다른 행성을 찾다 만난 달처럼
머리를 빡빡 깎고 샹그릴라로 가는 길에, 길을 잃고 헤매

던 나와 오체투지하는 꿈 하루는 사막에서 오아시스를 찾
던 낙타와 같이

셰에라자드의 치마폭에서 꿀이 묻은 풀을 뜯고 하루는 모
래알을 씹듯 까끌까끌한 사랑 얘길 듣다가 배꼽을 쥐고 캉
캉 춤을 추다가 접질린 발목이 되어 절뚝절뚝 절다가 신드
바드가 내준 알라딘의 램프와 양탄자를 타고

무지개 뜬 조선 반도와 아라비아반도를 거칠 게 없이 날
아다니는
하루는 붕붕 떠서 무서웠으나 두렵지는 않은 꿈

불면 8
—자화상

감람나무 아래서 풀을 뜯던 양들이 졸고 있을 때
조는 척하면서 혀를 날름거리는 뱀처럼 아무렇지도 않게
지나치는 낙타처럼

카라반을 따라나섰다가 베드윈의 젊은 아내가
영양실조에 걸려 아이와 같이 죽어 가는 것을 보고도
못 본 척 돌아서던 관광객이

노상에서 뻥튀기를 팔고 김밥을 팔다
로드킬을 당한 청년이 피를 흘리며 고라니처럼 그 자리
에 방치돼 있어도
   그저 순간
   브레이크를 밟다 내처 달리던 승용차가

   내가 아니기를 제발 내가 아니어야 하기를, 사람들이 보
는 앞에서
   혀를 자르고 눈알을 후벼 파면서

   잠을 청해도
   꿈에서조차 없는 혓바닥으로 들꽃 같은 여자의 풋내 나

는 입술을 핥고
어린 양의 밥통을 가로채면서
그럴 수도 있지 뭐, 그럴 수도 있잖아!

잠꼬대하듯 베개를 끌어안고

페이드인
—상당공원

안개가 젖을 물린 종이컵
땀방울이 맺혀 있다

구겨진 담뱃갑과
스낵 봉지 사이에서 먹을 것을 찾는
비둘기와 비둘기 사이에서

잠시 벤치가 된 나는 꽃 진 겹벚나무
아래 핀 풀꽃들과 가쁜 숨을 풀어놓고
하늘을 나는 한 쌍의 모시나비

지나가던 개가 짖는다

어디선가 부당하게 모욕당한 표정으로
한참이나
나를 보고 있다

자식들 우윳값이라도 벌겠다고
간밤 알바 일 간 아내를 기다리는 남편처럼

\>

속을 알 수 없는 안개를 휘젓고 다닌다
새벽부터
어제를 쓸어 담던 대빗자루는

쓰레기를 주워 담을 비닐봉지
땀방울이 맺혀 있는 종이컵을 들고

지하도가 있는 도심 쪽으로 가고 있다

해돋이

칼바람 눈을 찌르고 귀를 도려내는 월출산

스스로 꾸린 짐에 짐이 되어
주저앉고

미끄러지길 반복하며 올라온
나는 땀에 젖은 배낭을 벗고 내린 눈에 허리 굽어 있던 억새와
잡목들을 향해 야호!
소리라도 한껏 내지르고 싶다가
나 역시 누군가의 등허리를 휘게 하는 짐으로 살아왔거나
짐으로 살고 있는 건 아닌지?

천황봉 성근 바람 뼈 속 깊이 들이마시며
방기하고 지낸 삶을 떠올리며 조용히
돌아 오를 해를 기다리는데

어둔 휘장 걷으며 홀연, 벼랑 위에 나타난 마애부처
돋을새김하는 미소에 창백한 능선도 연붉게 웃는다
능선은 능선으로 핏줄처럼 이어져

누군가가 쌓다 만 돌탑과
바위에 뿌리박고 살다 죽은 고사목에까지
더욱 환하게 번지는

그 연꽃 같은 미소 따라가며 웃던 나는 정작
돋아 오른 해는 보지 못하고
구십 다 된 노모와 석공으로 살고 있는 산 너머 친구를
찾아간다

눈을 찌르며 앞을 가로막던 바람은 무위사 풍경 소릴 베
어 와
동면에 든 노송을 흔들어 깨우고

화살

천천히들 날으시게
눈에 들어온 과녁이 곧장 오라, 오라 손짓해도
쉬엄쉬엄 달리시게

사람들 북적이는 명동 화장품 거리나
국회의사당 싸움 구경도 볼만은 하겠으나

멀리 화진포쯤에나 들러
이승만과 김일성별장에 오랑캐꽃 피었나 둘러도 보고
경포호에 뜬 한 조각 구름처럼
만해의 나룻배 타고
오대산 굽이굽이 흐르다
월정사 적멸보궁 앞에 서 합장 한번 해 보든가
그 또한 그저 그래서 뜬눈으로 지샌 날은
갓김치 익어 가는 향일암 바닷가를 밤새 거닐다
바다가 방금 만들어 낸 계란 노른자위 같은 해 냉큼 삼
키지도 못하고
더불어 나는 갈매기도 좋겠지

이미 시위는 당겨졌다고, 상대의 의중을 꿰뚫는

촉도 눈도 없어, 안개 속에 방향 잃은 날 너무 많았다고 아침부터
술이나 찾는 반지할랑 잊고

위만 보고 걷다
계단을 헛디뎌 나이 오십도 안 돼 실족한 사내처럼
뜬금없이 섬진강 재첩국이 그리웁고
백련사 동백 숲이 절로 생각나거든 다산초당
천일각에 올라 목민심서라도 몇 줄 외다 그 또한 호박에
줄 긋는 일 같으면
짠물들이 모여 사는 곰소만
염전이 되어 땀이라도 한두 말 보태 보던가
녹우당 비자나무 마당 쓰는 바람 소리 베고 누워
서너 달 죽었다 깨도 좋으리

눈에 들어온 과녁이 곧장 오라, 오라 손짓해도
쉬엄쉬엄 달리시게
천천히들 날으시게

가는 봄

좋았습니다

입고 오신 줄무늬 초록 원피스
무지갯빛 셔츠와 분홍 스웨터
코티분인지 사향주머니인지
조팝꽃 흰 머플러에 콧구멍을 쑤시는
알 수 없는 향기까지
하여 나는 마구간
같은 집에 살면서도 사진을 찍는다
주말이면 휘파람을 불며
배낭을 꾸린다 산과 들을 찾아서
곧잘 흥분했구요 그런데
굳이 누추한 집
서재까지 스며들어 읽고 있던 선시집과
니체를 볼 수도 사유思惟할 수도 없게
낮밤 없이
새근발딱, 새근발딱하고는
이제 와
분첩 하나 들 힘 없다 하시니

허허, 이게 무슨 말 방귀도 아니고

왜 그러셨어요?

빈집

아내가 자식들이 사는 서울로 떠난 후
건너편 빌딩, 보일러실 위에 비둘기 집

암컷과 수컷이 자리바꿈하는 순간
품고 있던 알을 보았다

몸 비벼 애무인 듯 격려인 듯하다가
아침 먹고 와 다시 교대를 하는지

날고 드는 날갯짓엔 얼씬얼씬
바람 같은 행복도 보인다

그런데 어느 날
암컷이 보이지 않는다
어떤 밤길에 치였는지 아예 가출을 해 버린 것인지
둥지를 지키는 수컷의 깃털이 꺼칠하다
발가락은 핏물 들어 붉고

그러나 우리는 더는 다가갈 수 없는 이웃

>
뒷골목과 건너편 빌딩 사이에서
알 수 없는 불안과 불면 사이에서

오늘도 수컷은 알을 품고
나는 없는 아내와 자식을 품고

세상의 한쪽 오후
―보현사

꽃 진 불당 나무 앞에 노스님 서 있다
가까이 딱따구리 목탁을 두드리는 오후
성급한 가을이 몇 개 알밤을 법당 뒤에 흘려 놓고
시든 해와 같이 붉게
저무는 때였다 잔디밭에 애기 동자
밤톨처럼 데굴데굴 굴러와 젊은 보살의 손을 잡고
대웅전 팔짝 지붕 위에 있던 구름은
시퍼렇게 멍 든 하늘 한쪽
감 익어 가는 우듬지에
스님 가사 같은 옷을 벗어 놓고 있다 낮달이
연등처럼 걸려 있는 삼신각과 약사여래 사이에서
종종걸음하던
까치가 고개를 들고 합장한 어느 손의 주인처럼
뒤를 돌아보기도 하는

해 설

세상의 모든 '창자'의 슬픔

차성환(시인, 한양대 겸임교수)

    한명희 시인은 자본의 논리가 지배하는 시대를 살아가는
삶에 대해 성찰한다. 발전과 성장의 현기증 나는 속도에 쫓
기듯이 달려온 후에 남겨진 것은 자본으로 환산되는 껍데기
와 같은 잔해들뿐이다. 맹목적인 삶 속에서 '나'라는 존재는
소외되고 진정한 삶의 가치들은 빛을 잃는다. 그의 시詩는
우리가 사는 현실이 얼마나 비루한지를 환기시킨다. 자본
의 논리가 작동하는 세상의 흐름을 쫓아 정신없이 살아가는
삶은 결국 '나'라는 존재를 망각시킨다. 한 인간이 가슴속에
품은 고유한 꿈은 자취도 없이 사라지게 될 것이다. 그는
자본주의 체제 속에서 하나의 부품으로 전락한 인간 존재
의 비루한 삶을 노래한다. 우리가 잃어버린 것은 무엇인지,
회복해야 할 가치가 무엇인지를 다시금 되돌아보게 한다.

몸 여기저기 불다 만 풍선처럼 물집이 나 있다

눈 부릅뜨고 봐도 알 수 없는 세상을 위하여
시를 쓰던 당신은 모래밭에 집을 짓고

나는 발라드풍으로 노래를 한다 커피숍 한쪽 구석에서
너무도 자주 네 꿈을 꾸었기에

그때는 밤이었지요 말라비틀어진 나무에도 연분홍 꽃
이 피는 아침
　집채만 한 파도쳐 잠시도 가만히 있을 수 없는 방파제
　　또는 열기구, 가슴속에 불을 지피던 여자를 찾아가다
추락한

어느 섬 헤엄쳐 나올 불면의 바다였지요

누군가 미소 띤 얼굴이 보내는 한 잔의 따뜻한 질책과
초승달 같은 눈빛의 차가운 격려 속에

모래밭에 집을 짓고
알 수 없는 시나 쓰던 당신처럼

지천명을 등에 업고 견디는 하루는 파도쳐 쉽게 지치고

사막을 걷다 물집에 잡힌 몸은 기댈 곳이 필요했으므로

척추를 곧추 세운 채

　　벽처럼 치솟는 빌딩 앞에서

　　열을 올리던 태양은 속까지 다 탄 숯이 되고

　　　　　　　　　　　　　　　　—「발라드풍으로」 전문

　'나'는 "몸 여기저기 불다 만 풍선처럼" 생긴 "물집"을 발견
한다. "물집"은 내 몸이 다른 사물의 표면과 자주 접촉하고
부대끼면서 살가죽이 부르터 피부의 안쪽에 물이 고인 것을
말한다. 살아가는 일이 평탄하고 외부의 자극이 크지 않다
면 "물집"은 생기지 않는다. "물집"은 세상과 불화하는 자의
표식이다. 세상에 적응하지 못한 자가 몸 바깥으로 "물집"을
낸다. "물집"은 아픔을 동반하고 내가 가진 몸의 경계를 자
각하게 만든다. 아픔은 내가 살아 있다는 사실을, 나의 현존
을 극명하게 드러내는 삶의 감각이다. "물집"은 '나'라는 존
재를 새롭게 인식할 수 있도록 만든다. 이제는 타성에 젖은
삶에서 벗어나 새로운 삶을 꿈꾸지만 어디로 나아가야 할지
방향을 정하지 못한 채, "벽처럼 치솟는 빌딩 앞"에 좌초된
상태이다. '나'는 "사막을 걷다 물집에 잡힌 몸" 하나로 세상
을 대면해야만 하는 상황에 처해 있다. 가볍게 스치는 미세
한 자극도 '나'에게는 극심한 통증으로 다가온다. 그것은 타
락한 세상을 아파하는 일이고 그 타락한 세상 속에서 무심
하게 살아왔던 '나'를 아파하는 일이기도 하다. '나'와 세상

사이의 "물집"에 귀 기울이는 일이다. 한명희의 시는 허울
뿐인 '나'의 삶을 자각하는 데에서 출발한다.

집들이 핑계로 밤새 술 퍼먹다 분실한 카드와 주민등록증
공원 옆 경찰 지구대에 신고하고 오는 길

어디를 굴러다니다 왔는지 여기저기 찢기고
피멍이 든 채 기대고 누워 있는 낙엽 중에 하나, 꼭 간밤
의 나 같아서
물끄러미 바라보다

영장도 없이 임의동행이라도 해 볼까 집까지 막무가내 끌
고 가서!
식물도감 펼쳐 놓고 대조라도 해 볼까

뒷면에 찍힌 지문과
구릿빛 잔주름과 톱날처럼 날카로운
생김새까지

요 앞 대로변에 있는 졸참나무
미세먼지와 매연 속에서 일가 이루며 사느라 이제는 나이
조차 잊고 산다는
그 굳은살투성이

피붙이가 분명한 것 같아서

그런데

  그깟 플라스틱 카드 하나에 나라는 존재가 살았다 죽었
다 한다니 그럼
  내가 귀찮아서 또는 나이조차 잊고 산다는 그 졸참나무
처럼 사는 데 바빠서
  분실신고를 하지 않으면 그때 나는 이 땅에 있기는 한 건가

  임대살이 30년 만에 마련한 푸르지오에서 몸 한번 푸르
게 펼쳐 놓고
  쉬어 보지도, 살아 보지도 못하고 세상에
  살고 있기는 한 건가

                                     ―「한 컷 다큐」 전문

  시 「한 컷 다큐」에서는 제목이 말해 주듯이 시인의 가
공되지 않은 날것의 삶, 그 단면을 담아내고 있다. '나'는
"집들이 핑계로 밤새 술 퍼먹다" "카드와 주민등록증"을 잃
어버리고 경찰 지구대에 분실신고를 하고 오는 중에 우연
히 바닥에 나뒹구는 "낙엽"을 발견한다. 마치 술에 취한
"간밤의 나"처럼 "낙엽"은 "어디를 굴러다니다 왔는지 여기
저기 찢기고/ 피멍이 든 채 기대고 누워 있"다. '나'는 "임대

살이 30년 만에" "푸르지오" 아파트를 장만했지만 그곳에서 "몸 한번 푸르게 펼쳐 놓고/ 쉬어 보지도, 살아 보지도 못하"는 자신을 깨닫는다. '나'는 과연 "살고 있기는 한 건가"라고 자문하면서 "주민등록증", "그깟 플라스틱 카드 하나"로 요약되는 자신의 정체성에 의문을 갖는 것이다. 평생을 "아파트"를 향해 쫓아온 '나'의 삶이 껍데기처럼 느껴지는 순간이다. 정신을 차려 보면 우리의 모습은 "누군가에 총을 겨눈 심정으로 복권을 사고 경마장을 달리는 마권으로 살다가 이러지도 저러지도 못하고 술을 찾게 된 분노조절장애자"(「룰렛」)로 잃어버린 "웃음을 찾으러 은행 문을 드나들고"(「워커홀릭」) "짠 내 심한 삶에서 벗어나고파 몽니를 부리는 일개 짱돌일 뿐"(「이소의 재구성」)이다. 이렇게 한명희 시인은 "산산이 부서진 꿈을 찾아서"(「가시지 않는 악취처럼」) "알 수 없는 불안과 불면 사이"(「빈집」)를 헤맨다. "없는 사람이고 싶을 때"(「블루 사파이어」), "하늘을 향해 미친 듯 몸부림치고 싶을 때"(「스캣」)가 '물집'의 순간이다.

양의 죽은 창자들이 운다
첼로의 네 개 낡은 줄에서는

알프스의 눈 덮인 산과
풀을 뜯던 소들의 워낭 소리와 발정 난
염소의 뿔 부딪는 소리도 들린다

비린내가 도배를 하는 선창가
곱창집이 보이고 국밥을 먹고 있던 누군가의
창자와 내장도 보인다

네 것인지 내 것인지 모를
生은 모두 내장과 창자 안의 일이라서

순댓집은 새벽부터 바쁘고 봄여름 겨울 없이
첼로를 끌어안고 교습소와 학원을 찾아가던 아이는
첼로의 줄을 끊고 움켜쥔 주먹은
흐르는 눈물을 끊고

계단이 되기 위해 계단을 달렸다
의자가 되기 위해 의자를 찾았으며
목구멍은 창자를 채우기 위해 땀을 삼켰다

그러니까 침묵
그러니까 묵념

첼로 대신 가방끈을 끌어안은, 샐러리맨으로 살다
궁극에는 순댓집이 된 아이를 위하여

그러니까 그때는 그럴 수밖에 없었다거나

어쩔 수 없었다. 스스로를 위무하며 오늘을 사는

세상의 모든 내장과 창자를 위하여

—「그러니까 묵념」 전문

"순댓집" "아이"는 첼리스트가 되고 싶었을까. "첼로를 끌어안고 교습소와 학원을 찾아가던 아이"는 어느 순간 "첼로의 줄을 끊고" 현실을 직시하게 된다. 최초의 현악기는 현을 만들 때 "양과 염소의 내장과 창자"로 만들었으니 "첼로"를 켜는 소리에는 "알프스의 눈 덮인 산과/ 풀을 뜯던 소들의 워낭 소리", "발정 난/ 염소의 뿔 부딪는 소리"와 같은, 자연의 충만한 생명의 기운이 담겨 있을 터이다. 하지만 "양과 염소의 내장과 창자"에 서려 있는 아름다운 "소리"를 듣는 것보다 더 시급한 일은 먹고살기 위해 비릿한 "땀"을 삼키며 배 속의 "창자를 채우"는 일이다. "아이"는 결국 "첼로 대신 가방끈을 끌어안은, 샐러리맨"을 선택했다. "그때는 그럴 수밖에 없었다"는 말로 "스스로를 위무"하지만 잃어버린 꿈의 가능성은 항상 우리의 삶을 맴돈다. "첼로의 네 개 낡은 줄"이, "양의 죽은 창자들이" 우는 것처럼 항상 허기와 서글픔으로 꿈틀거리는 우리의 배 속 "창자" 또한 구슬프게 울음을 우는 것이다.

사람들은 어렸을 때의 꿈을 잃어버리고 묵묵히 현실의 삶을 살아간다. "세상의 모든 내장과 창자"는 생生의 슬픔으로 오늘 하루를 살아 낸다. 그렇다. 생의 본질은 "모두 내장과 창자 안"에 있다. 즉각적으로 삶에 육박해 들어오는 우리의 실존이 여기에 있다. "양과 염소"가 죽은 후에 그들의 "내장과 창자"로 악기의 현을 만들어 대자연 속에서 누리던 평화로운 삶을 노래하듯이 우리들 또한 이루지 못한 지난 꿈들을 노래한다. 그러기에 이 시는 "세상의 모든 내장과 창자"에, 우리의 고단하고 비루한 삶에 대해 "묵념"으로 예禮를 표한다. 우리 삶의 현장은 "生"의 "비린내가 도배를 하는 선창가"이다. 그것은 곧 "세상의 모든 내장과 창자"가 가진 허기이자 "生"이 가진 근원적 슬픔이다. 한명희 시인의 '창자론'을 듣다 보면 구슬퍼진다. 그는 "오늘을 사는/ 세상의 모든 내장과 창자를 위하여" 시詩를 쓴다. 그의 시는 한겨울, 순댓집에 들어가 자리에 앉으면 주인장이 말없이 내어 주는 국밥과 같다. 몸을 덥히고 피를 돌게 하는 생生의 뜨거운 국밥. 그 속에 얼마나 힘들고 고생스러운 삶의 여정이었느냐고 말없이 토닥토닥 달래 주는 위로가 담겨 있다.

천천히들 날으시게
눈에 들어온 과녁이 곧장 오라, 오라 손짓해도
쉬엄쉬엄 달리시게

사람들 북적이는 명동 화장품 거리나
국회의사당 싸움 구경도 볼만은 하겠으나

멀리 화진포쯤에나 들러

이승만과 김일성별장에 오랑캐꽃 피었나 둘러도 보고

경포호에 뜬 한 조각 구름처럼

만해의 나룻배 타고

오대산 굽이굽이 흐르다

월정사 적멸보궁 앞에 서 합장 한번 해 보든가

그 또한 그저 그래서 뜬눈으로 지샌 날은

갓김치 익어 가는 향일암 바닷가를 밤새 거닐다

바다가 방금 만들어 낸 계란 노른자위 같은 해 냉큼 삼
키지도 못하고

더불어 나는 갈매기도 좋겠지

이미 시위는 당겨졌다고, 상대의 의중을 꿰뚫는

촉도 눈도 없어, 안개 속에 방향 잃은 날 너무 많았다
고 아침부터

술이나 찾는 반지할랑 잊고

위만 보고 걷다

계단을 헛디뎌 나이 오십도 안 돼 실족한 사내처럼

뜬금없이 섬진강 재첩국이 그리웁고

백련사 동백 숲이 절로 생각나거든 다산초당

천일각에 올라 목민심서라도 몇 줄 외다 그 또한 호박에
줄 긋는 일 같으면

짠물들이 모여 사는 곰소만
염전이 되어 땀이라도 한두 말 보태 보던가
녹우당 비자나무 마당 쓰는 바람 소리 베고 누워
서너 달 죽었다 깨도 좋으리

눈에 들어온 과녁이 곧장 오라, 오라 손짓해도
쉬엄쉬엄 달리시게
천천히들 날으시게

— 「화살」 전문

'시간은 화살과 같다'는 말이 있다. 활시위를 떠난 화살
이 순식간에 과녁에 당도하듯이, 요람에서 태어난 즉시 죽
음이라는 과녁을 향해 달려가는 존재들. 허망한 것을 쫓다
가 혹은 그 자신도 알 수 없는 무언가에 쫓기다가 생生을 마
감한다. 찰나와 같은 생의 시간에 더해 우리는 무서운 자본
의 속도에 떠밀려 "안개 속에 방향 잃은 날"들을 살아간다.
우리가 발 디딘 지상의 아름다운 것들을 보지 못하고 "위만
보고 걷다" "실족"하고 만다. 무엇을 위해 그토록 내달려 왔
는가. 우리가 살아가는 주변을 찬찬히 들여다볼 여유도 없
는 삶에 무슨 의미가 있는가. 죽음이라는 과녁만을 보고 날
아가는 존재들에게 던지는 화두이다. 시인은 이제 "천천히
들 날으시게"라고 말하며 뒤돌아봐야 할 것들의 이름을 하
나씩 호명한다. "경포호에 뜬 한 조각 구름", "갓김치 익어

가는 향일암 바닷가", "녹우당 비자나무 마당 쓰는 바람 소리". 그동안 우리가 잊고 살았던 지상의 아름다운 풍경들이 펼쳐진다. 그의 시詩는 세상의 아름다움을 바라볼 수 있도록 우리의 감겨 있던 눈을 다시 뜨게 한다.

잎에 가려
꽃 같지도 않게 피어 있던 감꽃
내린 비에 떨어져
떠날 것은 떠나고 남을 것만 남았다

처마 끝에 달린 달과
어둔 밤을 함께한 별들도
떠날 것은 떠나고 남을 것만 남아서
현충일도 지난 새벽까지 남아서

이렇게 반짝이고 있듯이 별을 닮은 감꽃도
견뎌서 살아남은 힘으로
이 해가 가기 전에 저만의 별을 키워
달콤하고 투명하게
모나지 않고 단단하게
세상에 내놓을 것이니

내가 너를 너라고 부를 수 없는 곳에서

인파에 가려 채 피다 말다 시든 나는

어느 별을 보고

어떤 감꽃에 매달려 천둥 치는 비바람과

서슬 푸른 밤을 새야

땡감 같은 자식들 단단하되 떫지 않은

단감 되어 울 밖에 내놓을 수 있을까

밤비 물러가듯

떠날 때 떠나서 맑고 투명하게

잊을 때 잊혀서

저 별들처럼 하늘에서 빛날 수 있을까

떠내려간 감꽃처럼

강으로 흐를 수나 있을까

감나무 감아 도는 유월 바람

새벽부터 선뜩하다

　　　　　　　　　　　　　—「유월 바람」 전문

　"감꽃"은 화려하지 않고 수수한 꽃이다. 말 그대로 "꽃
같지도 않게 피어 있던 감꽃". 그마저 "유월"에 "내린 비에
떨어져/ 떠날 것은 떠나고 남을 것만 남았다". '나'는 "감꽃"
에게서 연약한 듯이 보이지만 강인한 생의 힘을 발견한다.
"어둔 밤을 함께한 별들"을 닮아 "반짝이고 있"는 "감꽃"은

"천둥 치는 비바람과/ 서슬 푸른 밤"을 "견뎌서 살아남은 힘으로" "달콤하고 투명하게/ 모나지 않고 단단하게" 감을 "세상에 내놓"는다. 이 감은 "감꽃"이 자신의 몸을 다 바쳐서 지켜 내고 싶은 "저만의 별"인 것이다. "단감"을 "울 밖에/ 내놓을 수 있"기 위해서는 "감꽃"의 보이지 않는 헌신이 필요하다. 시인은 "감꽃"처럼 자신의 생 이후에 찾아오는 "단감"과 같은 귀한 결실을 꿈꾸는 삶의 가치에 대해 노래한다. 세상의 "인파에 가려 챈 피다 말다 시든 나"의 자기 반성을 통해 진정한 삶에 대한 성찰로 나아가고 있는 것이다. '나'는 자기 갱신의 의지로 "새벽부터 선뜩"한, "감나무 감아 도는 유월 바람"에 스스로를 단련시킨다. 언뜻 보면 왜소해 보이지만 세상에 "단감"을 내어놓기 위해 미련 없이 "떠날 때 떠나"는 "감꽃"은 밤하늘의 "별들처럼" 빛나는 존재이다. '나'는 이 거대한 "강"과 같은 시간의 흐름 속에 "떠내려간 감꽃처럼" 빛나는 삶을 살 수 있을까.

『아껴 둔 잠』은 오랜 동안의 자기 성찰이 빚어낸 시집이다. 한명희 시인은 자본의 논리에 쫓기듯이 살아온 삶을 멈추고 이제는 진정한 '나'의 삶을 시작해야 한다고 말한다. 그것은 과거의 '나'를 직접 대면해야 하는 용기를 필요로 한다. 잃어버린 꿈들, 망가진 꿈들을 끌어안고 살아온 지난 시간을 조용히 들여다본다. 맹목적으로 달려오면서 놓쳐 버린 삶의 가치들을 조심스럽게 하나씩 꺼내 보는 것이다. 고통스러운 '물집'의 시간과 '창자'의 허기를 건너 마주하게 된 삶의 모습은 무엇일까. 여기, 자신의 생을 오롯이 피어 낸 '찔레꽃'

이 놓여 있다. '찔레꽃'은 자신이 본래 가진 색깔과 향기와 실루엣을 지상에 피어 올린다. 있는 그대로의 자신을 세상에 내보인다. 한명희 시인은 '찔레꽃'을 통해 우리가 어떻게 존재해야 하는지를 말해 주고 있다. 우리에게 생생한 삶의 현존을 살아낼 것을 주문한다. '찔레꽃'은 그가 도달한 삶의 궁극적인 아름다움이다. 그가 피어 낸 꽃이다.

찔레꽃 핀다

가시덤불 위에 펼쳐 놓은 드레스처럼

오늘도 하얗게

찔레꽃 핀다

하루가 지나고 또 하루가 지나도

잊히지 않아서 또다시 집어 든 편지지처럼

학교 앞 카페에서도 피고

머언 데 통영음악당 앞 바다에서도

하얗게 찔레꽃 핀다

암초에 부딪쳐 산산이 부서진 파도처럼

철썩 처얼썩 따귀를 때리며

철없이 이 밤도 철없이

찔레꽃 핀다

         —「생일」전문